U0108382

各位親愛的鼠迷朋友，
歡迎來到老鼠世界！

謝利連摩·史提頓！

Geronimo
Stilton

Geronimo Stilton

老鼠記者漫畫 ❸

極速越野賽車

故事：伊麗莎白·達米　　繪圖：湯姆·安祖柏格

上色：科里·巴爾巴

新雅文化事業有限公司
www.sunya.com.hk

目錄

噢……我忘了先做自我介紹！我叫**史提頓**……

謝利連摩・史提頓！

我經營着妙鼠城裏最暢銷的報章——《**鼠民公報**》！

但今日，我決定休假一天，專心寫我的小說……

在一個黑漆漆的

這部小說的名稱是……

古岡左拉乳酪甜甜圈
—與—
林堡乳酪汁!

不!等一下!那不是我小說的名稱!
剛剛只是**鼠廚朋格**向我
推介他那戶外咖啡店的
特選早餐……

菜單

我點了三個甜甜圈和一杯大乳酪汁。

這樣開展新的一天真的很寫意!吃着美味的食物,看着我所愛的城市漸漸蘇醒過來。

朋格咖啡店

*林堡乳酪是一種源自比利時的乳酪，氣味濃烈，散發非常強烈的臭味。

我們正要繼續討論，但我的手提電話響起來了……是我的妹妹，菲！

啫喱，快來《鼠民公報》辦公室，我們要召開緊急會議啊！

菲

你最好現在就過來，立刻！

什麼？

馬克斯爺爺是《鼠民公報》的創辦鼠！
大家都稱他做「坦克鼠爺爺」！
他最討厭大家放假，而且更討厭員工開會遲到！

第二章

「超級不」跑車

我截停了一輛的士，立刻跳了上車趕去辦公室。

快！請開車到妙鼠城最頂尖的報紙——《鼠民公報》的辦公室！

快開車吧！！！

我以為《老鼠日報》才是妙鼠城最頂尖的報紙呢。

前進了一米！

「**超級不**」跑車真令人討厭！它們既

嘈吵，又**危險**！而且它們令我遲上加遲！

第三章

「超級**不**」、「超級**不**」，和更多「超級**不**」！

結果餘下的路程，我全力跑到辦公室。
當我衝進報社門口時，終於有點好消息……

太好了,哈哈,以一千塊**哈瓦蒂乳酪***發誓!我安全了!

*哈瓦蒂乳酪是一種丹麥的乳酪。

我攤坐在椅子上,鬆了一口氣!

坐着坐着,卻發現大家都在談論着「**超級不**」跑車。

你見過豪華版的「超級不」嗎?

我媽媽剛買了一輛「超級不」!

聽說「超級不」跑車的時速高達300公里呢!!

我的秘書鼠莎娜和我的妹妹菲，正熱烈地討論着哪一輛「超級不」跑車最棒！

我要這輛**歪車 XT7S!**

這肯定不夠**超鼠歪機2**那麼棒！

而其他同事很想寫關於「超級不」跑車的報道……

唏，老闆！頭版故事不如報道關於「超級不」跑車的**高科技技術？**

不好意思，頭版故事是我寫的這篇關於「超級不」跑車的**豹紋車廂**設計！

就連我的助理畢粉紅，也非常熱衷於「超級**不**」！

唏，老闆！你知道嗎？完全沒有老鼠知道關於「超級不」跑車的任何細節，例如：它們來自哪裏？廠房在哪裏？它們有沒有……更大來源？會造成污染嗎？……製造的？有沒有廢物……

我立刻衝進自己的辦公室。

抱歉啊，畢粉紅，但……

我不想再談車了！！！

第四章

還是關於汽車！

我的表弟賴皮在我辦公室裏，而且雙腳放在我的桌上，吃着我的乳酪，還用我的**普立茲鼠新聞報道獎座**來剔牙！

唏，老表！
我們談談車吧！

丁真萬確！

我想談的是我們
已報名參加的
越野跑車大賽！

不！！！！

呃，啫喱……
我以為你不想談
「超級不」的事？

第五章

老表，你不是膽怯吧？

我跟賴皮說，我很支持他參賽，甚至還會看電視直播，為他吶喊助威。但他要的並不是這些……

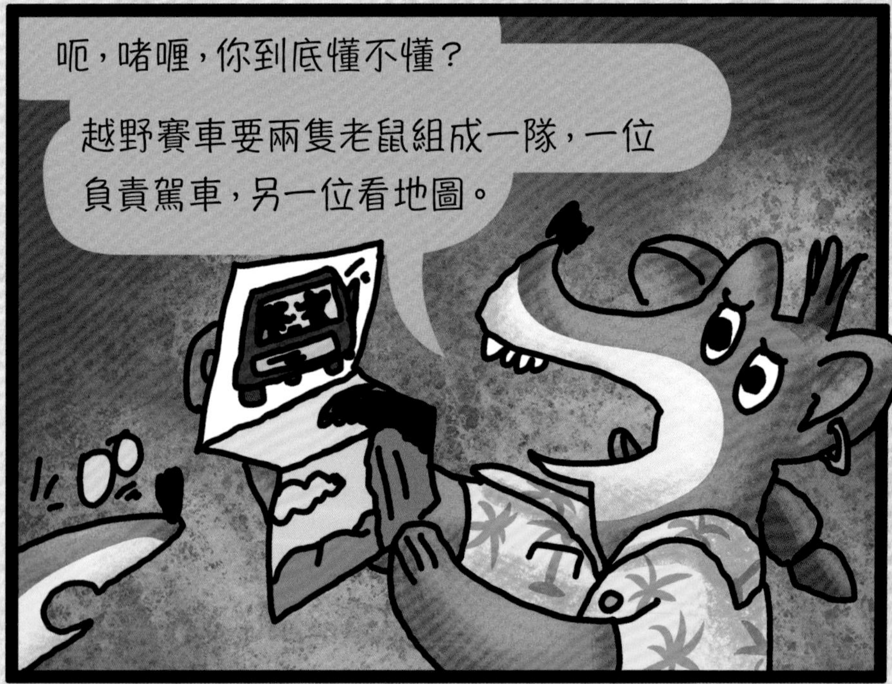

我也很想去環島遊，但是可不想坐在一輛高速行駛的車上！更加不想乘坐由賴皮駕駛的高速行駛汽車！

賴皮**撞壞**的車多不勝數，連妙鼠城的廢物堆填區都有一座雕像紀念他的作為！

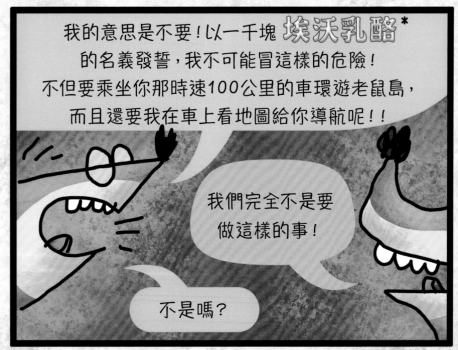

*埃沃乳酪是一種比利時的乳酪。

第六章

光榮的
家庭傳統

不，那並不是我小說的名稱，剛剛只是門廊某隻
老鼠在大叫的聲音！那老鼠就是⋯⋯

馬克斯爺爺？？？

你們兩個一定要

贏下

那場比賽!

當然了,
爺爺!

但是……

而且，他也停不下來！

＊普夫隆乳酪是一種意大利的乳酪。

我沒留意到菲在什麼時候進來，但這一次我很高興她不請自來。

菲!那不如你跟賴皮一起參賽吧?你的駕駛技術比我好多了!!

我不能參加啊!我要駕電單車跟進賽事,然後為報道 拍照 呢!

不如我來拍照,你來駕車吧?

別傻了,啫喱。我不可能要求你在 休假 的期間工作啊!

可笑的休假!!早知道就報名乘坐郵輪到 貓島 旅遊算了!

第七章

為你備好戰車了!

在我的「休假」之始,
首先跟賴皮去了一個二手車場……

*瑞可塔乳酪是一種意大利乳酪。

好了，好了，我把最好的留到壓軸才出場！
信不信由你，這輛車曾經贏得越野大賽冠軍，就只小
過是……嗯……幾年前的事。後來於乳酪速遞公司
服役，不過他們……嗯……只在星期一才會送貨，而
送給近鄰。其餘日子，這輛車都泊在車庫
是手洗，然後用絲質的布料來乾……

我們就買這輛吧！！！！

什麼？？？

*寇比傑克是一種源自美國威斯康辛州的乳酪，口感清淡柔軟。

第八章

徹底的
改頭換面

賴皮和破輪鼠好不容易總算能發動起車子的引擎！我們
搖搖晃晃、*顛簸抖動* 地駛離破輪鼠的
二手車場，然後便直接駛到市中心。

好了，表哥，我先載你去會合菲，然後我就把車
駛回我的車庫，修理一下。

賴皮，這輛車不是需要修理……而是要做**廢鐵**回收！

當然不行，啫喱！這輛車是一塊寶，只要給它一點修飾琢磨，必成大器，就跟你一樣！

等一下……

什麼？

我？

對啊，啫喱，你真的需要徹底改變造型，改頭換面，所以我帶你去菲那裏！

菲把我從車上拉了下來，然後
走進了一間店，名為：

我的朋友酷衣鼠會幫你改頭換面，
讓你像個真正的賽車手！

看來這是個
極大的挑戰！

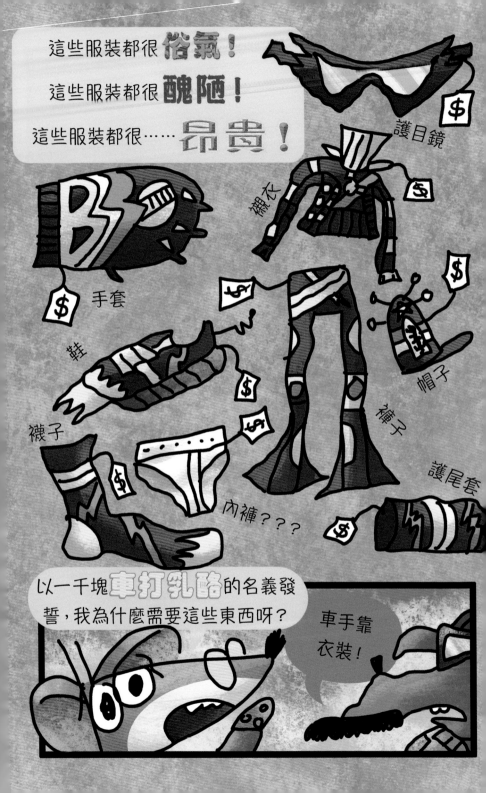

第九章

這才是真正的新聞！

當我們終於離開了商店，卻在門外被
一大堆體育記者圍住了！

那「**咚！**」的一聲，是因為我的頭撞到在地上！記者們實在太匆忙了，甚至把我推跌了！幸好我戴着頭盔！

第十章

絕對不會！

菲提醒了我，身為《鼠民公報》的攝影師，
她要在比賽開始的時候到起跑線拍些照片！
當然，我也應該要在那裏。

我通常都避免坐上菲的**電單車**，但這次我別無選擇。我很慶幸自己正戴着頭盔！

賽車場上鼠頭湧湧，擠滿了觀眾。他們都圍着那輛新的「**超級不**」跑車。這輛新車比原本的「**超級不**」還要奇怪。

忽然間，羣眾安靜下來。「超級不」汽車的總裁「不」夫人，帶着她的「非凡超級不」跑車走到台上。

體育記者們立刻開始提問。但是，不論他們問什麼，她都給予同樣的回答……

你能告訴我們，誰會負責在比賽中駕駛「非凡超級不」跑車嗎？

不！

第十一章

各就位，

預備……

「非凡超級不」飛快地駛向起跑線，
其餘的車輛也魚貫駛過……

最後是賴皮駕着他的 發雷莫澤雷勒乳酪 跑車！以一千塊哈瓦蒂乳酪 的名義發誓，到底他對這輛車做過些什麼？這車看起來更 醜 了，而且感覺還 十分危險！車後那放滿過期乳酪的冰箱還在呢！

賴皮的賽車服裝 超級俗氣，早知道我就在 超酷鼠民 買下那副超高價的太陽眼鏡！

啫喱，快上車吧！要開始比賽了！

差點！

但是後來我想起了馬克斯爺爺的話：

啫喱，你該不是緊張吧，哈哈？不用緊張的！我已經把這車子修理好了！聽聽引擎的聲音吧！這簡直就是**夢幻**的聲音！

咔咯卡一 隆隆一 嘶咚啪一 咚啪

夢幻？你是指**惡夢**吧！我的老鼠鬚在**顫抖**不停！我的尾巴在**抽動不已！**

這時，一隻拿着旗子的老鼠在叫喊⋯⋯

預備⋯⋯

第十二章

開始！

拿着旗子的老鼠大叫：「開始！」然後所有車輛都極速駛出，風馳電掣！比賽賽道沒有立刻進入越野地區，而是首先在妙鼠城內穿行！

後來，我終於能稍為展開地圖，找到新鼠港的位置。
我們肯定在附近的！

就是無法找到位置！我失敗了！賴皮會怎樣說？
菲會怎樣說？馬克斯爺爺會怎樣 大叫??

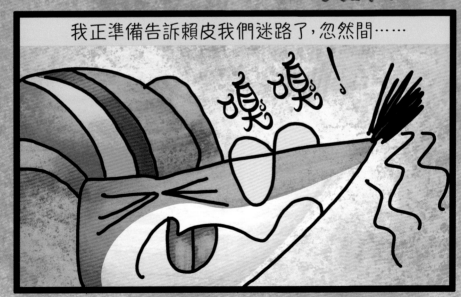

第十三章

歡迎來到牛糞谷！

這裏的**氣味**難聞極了！但這**氣味**我曾經聞過！老鼠島上就只有一個地方有這種味道！

賴皮！我們在牛糞谷！

噢，原來那個就是……

什麼「那個」？

那個！

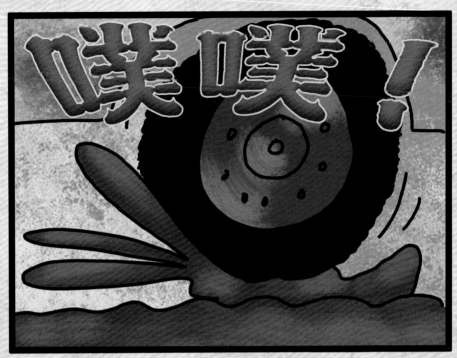

還有那個……和那個……和那個……啫喱啊，那些牛肯定很喜歡你！牠們留下了很多禮物給你！

哈哈！

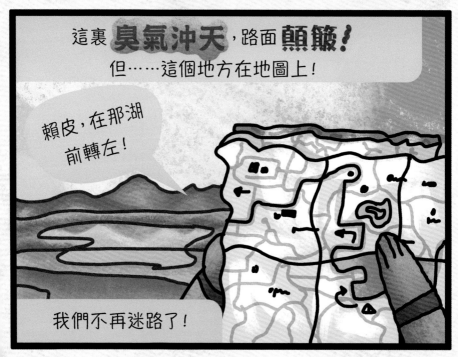

第十四章
體育精〇神！

賴皮沒有在湖前轉左，
賴皮也沒有在湖前轉右。
賴皮根本沒有轉彎！！！！

＊溫斯利代乳酪是一種英國乳酪。

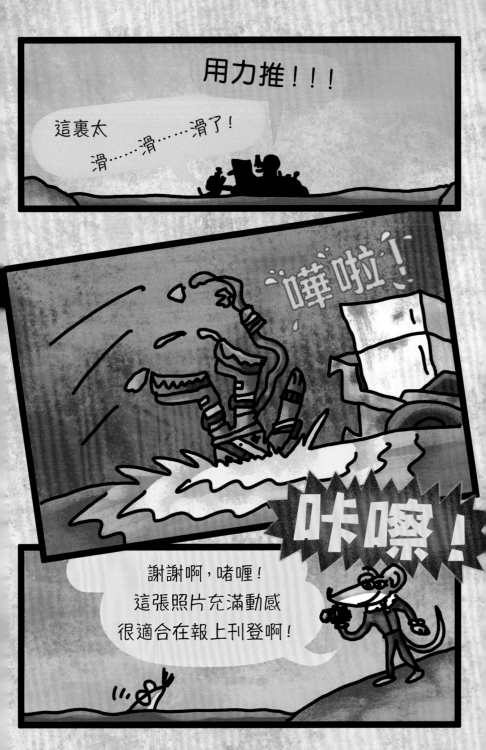

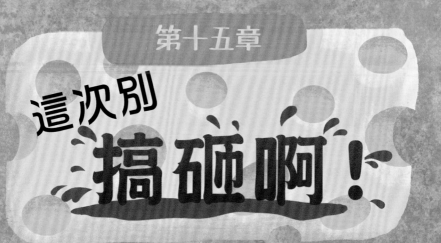

第十五章

這次別搞砸啊！

我刮掉身上大部分的 **泥濘**，立刻坐進跑車的後座。賴皮將地圖塞到我面前，然後猛力踩油！霎眼間，我們已在顛簸不平的路上全速前行，*瘋狂地飛馳！*

賴皮的話比著名哲學家尚保羅·鼠特更不知所云！
我很混亂，而且這條路太崎嶇，我⋯⋯
我根本不知道我們在哪裏！！

我完全沒有頭緒，所以我看着這幾條路，然後我……
我選了一條較平坦的……

然後一切都改變了，因為……

這條路首先經過一片黃色的森林……

啊，這裏的環境真美！

……然後來到了一片啡黃色的沼澤！

這裏一點也不美！

97

我們怎樣離開這裏？？

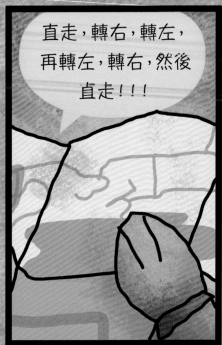

直走，轉右，轉左，再轉左，轉右，然後直走！！！

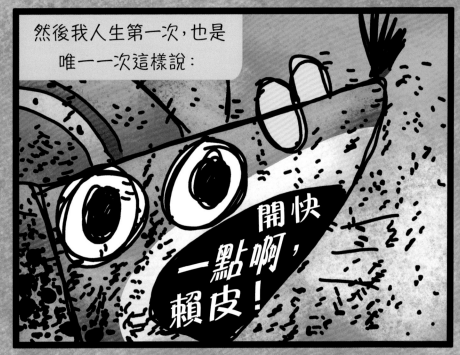

然後我人生第一次，也是唯一一次這樣說：

開快一點啊，賴皮！

第十六章

喵嗚！

我們終於擺脫了那些蚊子⋯⋯然後我們前方出現了另一樣更恐怖東西——一座**陰森恐怖**的城堡！

以一千塊克羅格林乳酪*的名義發誓！真是個令人毛骨悚然的城堡啊！

*克羅格林乳酪是一種英國乳酪。

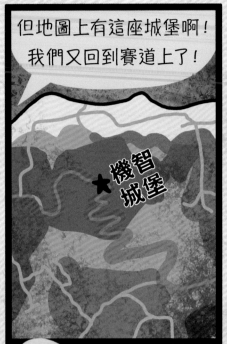

來到城堡附近，我們便開始聽見一些**恐怖**的聲音！
我的老鼠鬚也緊張得*捲曲*起來了，
我嚇得立刻躲在地圖下！

當然！這是**機智城堡**的貓鬼魂！它們都是我的老朋友。終於聽到別人為我們打氣了！有一刻，我真的有點享受其中⋯⋯但那時我們到了山頂，又要開始以高速下山，在*彎曲迂迴*的路上*飛馳*！！

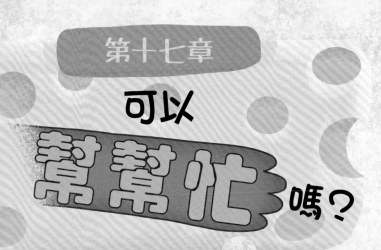

第十七章

可以幫幫忙嗎？

賴皮總算順利駛到下山了，但是我們沿着賽道前進，立刻又再迂迴地上斜！這樣上上落落，瘋狂地轉彎，我開始有點**暈車浪**了！

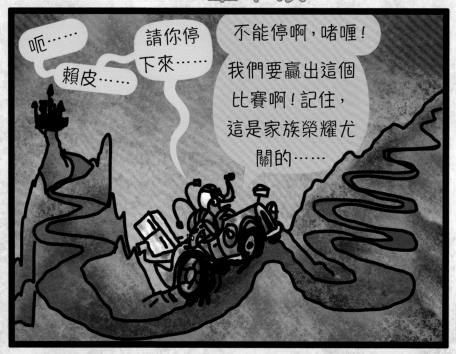

呃……

賴皮……

請你停下來……

不能停啊，啫喱！我們要贏出這個比賽啊！記住，這是家族榮耀尤關的……

嘎吱吱吱吱！

噢，賴皮……
謝謝你停下來！

我不是為你
而停下的，啫喱。

是因為
他們啊！

原來是慕蓮達和韋斯的車輛
爆胎了。

可以幫幫忙嗎？

我並不是一隻很強壯的老鼠，但是有了千斤頂，
那應該不難頂起車子的，我就試試吧。

加油，
啫喱，
來用點
力吧！

經過一番折騰，我用上
了洪荒之力，終於將
車子頂起了一吋！

然後我聽見
慕蓮達說：

算了，不用
再換胎了！

……算了？……

我們的備用車胎不見了，被**偷**走了！

誰會做這樣的事？

我想可能是那個把**釘子**放在路上的作弊者偷去的，我們的車輪也是因為這些釘子才會爆胎的！

呼！幸好趕得及來拍下這個情況！在比賽中作弊是 **大新聞** 呢！！這張照片可能會刊登在頭版！尤其如果我能找出這隻作弊的老鼠！

我真的為妹妹的新聞觸覺而感到驕傲……但是，我也非常不希望我那張相片會刊登在我報章上的頭版、尾版，或任何一版！

第十八章

懸在半空！

接着，菲把慕蓮達和韋斯載到市中心找拖車。
而賴皮和我則回到車上，繼續進行比賽……

啫喱，我的手爪太痛，
無法開車了！所以，
換你來負責開車！

我？

我連上次開車是什麼時候都記不起了！我平常都選擇走路，這對環境更好⋯⋯也能令我不會神經緊張！

車輛發出的聲音已經夠恐怖了，但賴皮的聲音更叫人煩厭！

後來，在一片**轟隆轟隆**和**埋怨聲**中，我們終於順利上路了！

現在我負責開車，而賴皮負責看地圖。

轉右！

嗯，我的意思是轉左！

回去吧！

不，等一下，我剛才所說是對的。再回去吧！

＊芒斯特乳酪是一種法國乳酪。

＊曼切戈乳酪是一種西班牙乳酪。

你們知道什麼叫「**懸念**」嗎？當一位作家在寫作時，在一章完結的時候，有時會描寫角色陷入一個危險的境況中來吸引讀者——這就是製造懸念！我時常都想在我的小說裏用上**懸念**這種寫作技巧。但是我可從沒想過自己會這樣「懸」在半空啊！

第十九章
烤乳酪

結果，原來緊急刹車制還是管用的！我們最後
就在懸崖邊急停下來了！

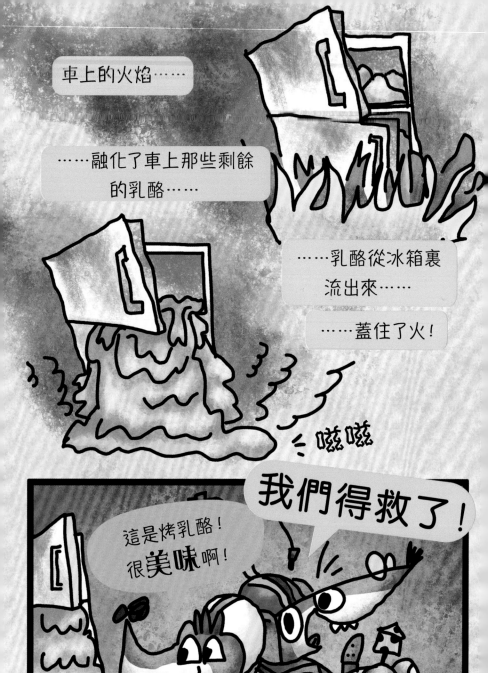

美味？那看來比較像我的朋友 **多愁·黑暗鼠** 會在她的恐怖派對上宴客的食物！

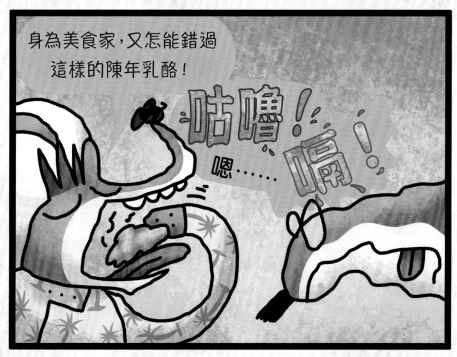

他肚子痛，我一點也不意外！正常的老鼠吃了那些**發霉乳酪**都會感到不適，甚至會被送到醫院去吧！

於是，我只好一直推，一直推，一直推……

第二十章

一直推……一直推

我一直推着車子……一直推……一直推……一直推……
一直推……然後掉進泥坑……一直推……一直推……
一直推然後在泥中丟失了一隻靴子……一直推……
一直推……一直推……一直推，然後不小心讓車輾過
我的尾巴……再一直推……一直推……一直推……

第二十一章

麥麥鼠電鋸藝廊及拖拉機維修中心

我一直推……直至我們遇見一隻奇怪的老鼠在發動 電鋸 。我不想停下來，但也只能停下！
我可累得要命啊！

不好意思，先生，請問附近有維修技工嗎？

有啊！我就是了！等我先完成這個雕刻作品，就來幫你……

我平常主要修理拖拉機，不過有時也會弄弄汽車的。

但你要先等等，因為他們比你們先到的。

阿畢·麥昆鼠和莎莉·速逃鼠！你們為什麼會在這裏？

我們也是把車推到這裏，等待維修啊！

抽抽鼻子

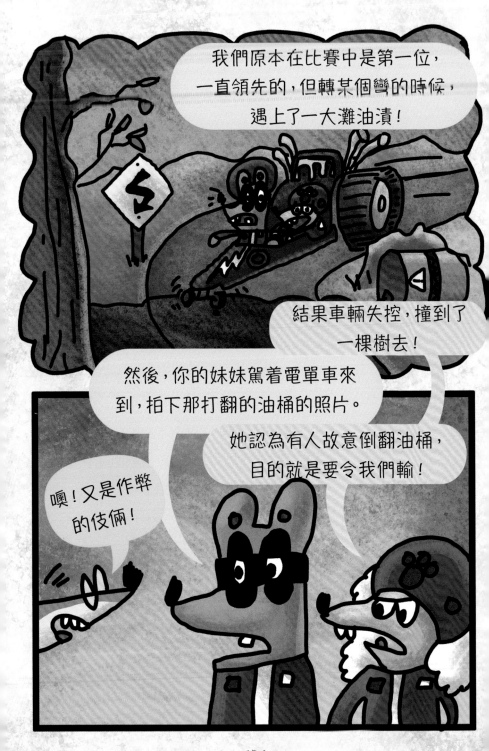

小子們，我看過你們的車了，我有一個壞消息，一個好消息。

壞消息是，我不懂修理這輛車，太高科技了！

但這輛破車……

喂！

你意思是「經典」吧。

它很舊，所以我可以用一些老爺拖拉機的零件來維修！

第二十二章
怎麼這麼昂貴啊？

後來，我終於睡着了，在這令人**不安**和**尾巴顫抖**的環境中睡了幾分鐘。麥麥鼠卻隨即來把我叫醒，在我面前揚起一張**很長**的紙……

最初，我以為自己在做夢……

怎料這惡夢般的場面竟是現實！

因為我得拆掉三輛老爺拖拉機，才能有足夠零件來修理你的車啊！

怎麼這麼昂貴啊？

啫喱，別擔心！他還免費送給我們一個雕塑呢！

雕塑……？

登登登凳!!!

這**糟透**了!!! **毫無品味**可言!!! 這……
是老鼠島上這個偏遠地區唯一還能運作的車!!!

於是,我付了賬單後,感謝了麥麥鼠,然後
飛馳而去……

小子們,祝
你們好運!

……邁向 終點!

第二十三章

救命啊！越野顛簸，

讓我暈車不適！

車子更換了零件之後，似乎走得更 ＝＝快了！然而，每次越到**凹凸不平**的路，它**搖晃顛簸**變得更嚴重了！而一路駛向哈瓦蒂山丘，路面似乎越來越起伏……

我不想追上了!我不想全速前進!我甚至不想前進!救命啊!越野顛簸,**讓我暈車不適!**

第二十四章

完了吧！

你有聽過這句名言嗎？

許願需謹慎，夢想會成真！

嗯……

賴皮！你沒看見那個標誌嗎？

什麼標誌？

前無去路

結果我也沒機會告訴他，因為我們轉彎後隨即撞上了一塊巨石！

碰嘭！咔啦！

幸好我們都佩戴了安全帶和頭盔！雖然我們受驚了，但並沒有受傷！

你將我們帶進死胡同啊，啫喱！

不是我的問題啊！地圖顯示這裏沿路走啊！

你又看錯地圖了！

我才沒有！

謝利連摩說得對！

第二十五章

蓄意破壞

我們全部都非常（**難過**），所以大家都沒有注意到菲到底什麼時候騎着電單車到來的。鼠廚朋格和波比聽見作弊的事都非常 **驚訝**，我們都想菲再解釋多一點。

> 看！證據就近在眼前！

> 這些車痕來自「超級不」跑車……而且就在大石之下！

但那是
不可能的！

不！並非
不可能！

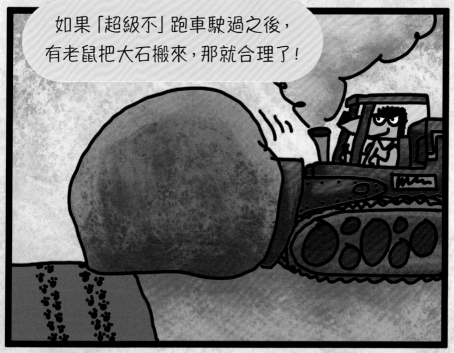

如果「超級不」跑車駛過之後，
有老鼠把大石搬來，那就合理了！

經過那麼激烈的賽事，我原本還想慢下來休息一下⋯⋯
但是，菲說得對。我們不能讓「超級不」車隊作弊，
這應該是一場公平的賽事！所以，我只好戴上了頭盔，
坐上她那電單車的側座⋯⋯

*豪達乳酪是一種……噢！天啊！我有點暈！我快不行了……

第二十六章

歡迎來到《咳咳》化石森林

我只記得自己閉上了眼睛，然後飛越了河道。睜開眼的時候，我的四周是一片**蓬鬆的雲朵！**

嘩啊！！前面似乎有些恐怖的東西啊！

聽起來有點像是獅子的吼聲！

嗯……我覺得不是獅子，我想應該是獵豹吧！

看，是豹紋！

第二十七章
神秘的
吼聲！

菲的話令我回想起，「超級不」跑車的引擎聲很像**咆吼**的獅子。我很慶幸森林裏沒有真的獅子，但我也不太明白為什麼這裏會有跑車。

> 那不可能是——**咳咳**——「超級不」車隊啊！他們肯定——**呼**——一早走過了這個部分！

> 沒錯，所以這真是——**咳咳**——一個謎！

糟糕了！如果你認識我的妹妹，你就會知道她從來不會放下眼前的 **謎題** 置之不理的！

來吧！
只要跟着這些警衛，
我們可能會為
《鼠民公報》
找到大新聞呢！

跟着他們？但他們看起來很惡、脾氣很壞，甚至會將找到的老鼠踏扁！而且，這裏煙霧瀰漫，我們根本看不清要去哪，

你想做一隻膽小的老鼠，還是搶先為大家報道一宗大新聞？

嗯……我很想為報紙找到好的新聞材料！

而且，我很**討厭**別人說我膽小！

所以我同意了……

但我真的很希望能知道自己正要去哪兒，因為幾分鐘後……

152

153

然後，我踩到了一些很**尖銳**的物件，讓我差點以為被貓捉到了！

哎喲！

請勿進入

你又找到了**另一個**線索了，唔哩！這些釘子跟釘破韋斯和慕蓮達那車胎的是一模一樣的！

記住要小聲一點啊！

咔嚓！

然後,我重重地撞上了一件硬物,那一記聲響猶如妙鼠城鐘樓的鐘聲般響亮!

咚!

請勿進入

非請勿進

非工業廠房

哎喲!

嘩!你找到工廠了!

記住要小聲一點啊!

非請勿進

非工業廠房

第二十八章

工廠的真面目

我一點也不想攀過那道閘門！但是菲說我們一定要進去確認一下，這裏就是「超級不」的工廠。然後，她的照片就能證明「超級不」車隊作弊。

但走進工廠重地，我們還找到些別的證據……

「超級不」工廠正造成極大的**環境污染！**

工廠造成了各種各樣的

環境污染！

空氣污染！

咔嚓！

咔嚓！

光污染！

土地污染！

咔嚓！

咔嚓！

水污染！

當然，還有
噪音污染！

呃呃！！

沒錯，那真是一輛 *全速前進* 的推土機，
而且正向我們 *全速前進* ！！！

快跑啊*!!!!*

我們走到閘
口，立刻爬過
去，本以為我
們安全了……

非請勿進

非工業廠房

但是……

第二十九章

（推土機的）高速追捕！

推土機直接**撞開**閘門，繼續追上來！我必須承認，「超級不」製造的推土機實在非常堅固，而且行駛速度極快，但我寧願他們從來沒製造過這樣的產品！

161

啫喱，快走啊！我們要穿過前面的樹林！

推土機的車身太大了，無法避開前面一片茂密的樹林。

咔砰！

但是它能把一棵棵大樹推倒，這樣減慢了推土機的前進速度，使我們剛好能跑到電單車那裏！

哥哥，來吧！我們要離開這裏了！

但我們要去哪裏？這裏沒路可逃啊！

肯定有路的……那推土機剛剛就開出了一條新路！

第三十章

衝過終點線！

菲**發動**電單車的引擎，車輪飛轉，車子便全速飛馳起來！但是，我們的車子不是將推土機和憤怒的警衛們拋諸身後……而是直朝他們全速前進！然後……**飛越**他們！

我們**飛馳**着，再次駛過工廠的大閘⋯⋯

經過工廠⋯⋯

路上超越了許多咆吼着的「超級不」跑車⋯⋯

真的難以置信……
我們居然可以平安地
離開那裏，沒有被抓
住、遭痛打，也沒有被
推土機推倒！！！

我必須承認，菲，你的
駕車技術真是一流啊！

我們要在評審向「超級不」車隊頒發獎盃前，將
作弊的事公諸於世！

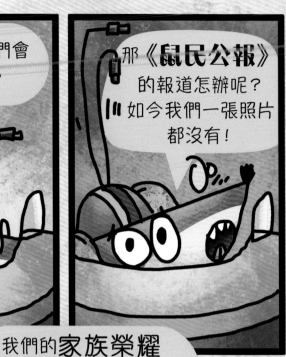

第三十一章

你是怎樣去到老鼠港的？

菲在高速公路上飛馳，向着老鼠港的終點線前進，
我也想起一件事，令我感覺好過一點⋯⋯

這漫長、
嘈吵、
顛簸、
泥濘滿布的一天，
快將完結了⋯⋯

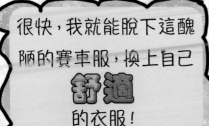

很快，我就能脫下這醜陋的賽車服，換上自己**舒適**的衣服！

我可以享用一些溫暖，但不是流質的乳酪，還有一杯熱茶……

然後我可以回去繼續寫小說。我跟你說過這小說的名字嗎？它將會叫做：

嗨！慢吞吞鼠！

怎麼這麼久才到達啊？

不！那**不是**我的小說名稱！那是剛才我們一進城，就有人向我大叫！

歡迎來到老鼠港啊！你們繞了很長的路，對吧？

哈哈！

賴皮？你怎樣來的？

很容易啊！我跟鼠廚朋格和波比用那貓雕塑，當獨木舟來划啊！

我們還用了鍋子來做船槳呢。

在急流裏划船真的很刺激啊！

那條河直接進到老鼠港啊！終點線就在街尾！

看！還有其他參賽者都來到了！

一輛 **的士** 在附近急停，莎莉、阿畢、慕蓮達和韋斯都下車了！

時間剛好呢！我們正要去終點線告訴評判有關作弊的事！

當評判看到了菲拍下的照片，「**超級不**」車隊就麻煩**大**了！

各位，對不起啊，「**超級不**」的警衛偷走了我的相機！我們**沒有證據**了！

如果我們全部一起作證，他們也會相信我們吧？

第三十二章

我們來到終點的時候，那裏已經擠滿了鼠。
他們全部都在為「超級不」車隊歡呼！

我們原本拍下了照片，但她的警衛偷走了我的相機！

不！我沒有偷東西，沒有作弊，你們根本**沒有證據**！

好了，既然沒有證據，我就要將越野跑車大賽的冠軍獎盃頒給……

號外！號外！快來看看！《**鼠民公報**》刊登了越野跑車大賽參賽者作弊的照片證據！真的是年度醜聞啊！

第三十三章

照片證據？在我的報章？不可能啊！沒有菲的相機，我們怎會有照片呢？我得馬上查明⋯⋯立刻去查！

真的難以置信！但我居然付款了！

《鼠民公報》

越野跑車大賽特刊

$2

賽事受阻　有鼠作弊！

記者：畢粉紅

老鼠島——一年一度的越野跑車大賽無法順利舉行，因為有鼠屢次作弊，嚴重影響賽事！

由於賽道受到蓄意破壞，大部分的參賽隊伍都被逼退賽。在賽道上，有打翻了的油桶、滿路的釘子，甚至有一塊巨型石頭阻擋去路。所有的線索均指向「不」夫人的「超級不」車隊，他們就是作弊者。

我們在距離賽道不足一公里的「超級不」工廠裏，發現了相關的油桶、釘子，以及一輛能移動巨大石頭的推土機。詳盡報道見第2-56頁。

179

我不知道畢粉紅是怎樣拿到照片的，但是……

這就是證據，評判！

嘩，我只能說……

作弊者必遭天譴，發霉乳酪就在口邊！！！！！

「不」夫人，你被逐出比賽！而且，你必須支付其他參賽者的車毀損失！另外，你還要支付罰款、法律賬單和各種費用，以及老鼠島作弊稅、縣作弊稅和城鎮作弊稅，還有⋯⋯

不！！！

我一元也不會支付的！！！

要付的是你，謝利連摩·史提頓。

後會有期！！！！！

「不」夫人敏捷地跳進自己的車，大家都來不及阻止她，但是⋯⋯

182

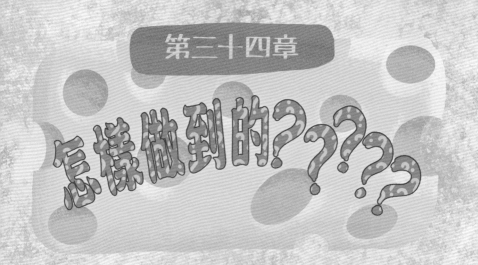

當其他老鼠忙着嘲笑「不」夫人的時候，我正在忙着致電報館辦公室。我想知道畢粉紅是怎樣寫出報道的！

嗨，老闆！你看到報章了嗎？雖然你在放假，但我們也做得不錯呢！

通話中⋯⋯
畢粉紅
鼠民公報

畢粉紅，你真的做得很好啊！我會給你大幅加薪……

但你要先告訴我到底你是怎樣知道作弊的事和怎樣拿到照片……

向上望一下吧，老闆！

你頭盔上的攝錄機已經錄下了一切！你直播了整場賽事啊！

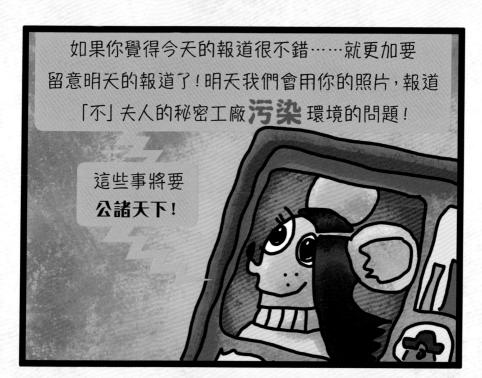

如果你覺得今天的報道很不錯……就更加要留意明天的報道了！明天我們會用你的照片，報道「不」夫人的秘密工廠**污染**環境的問題！

這些事將要**公諸天下**！

喂，啫喱，別再講電話了，快點過來！

他們要頒獎了！

……我答應了畢粉紅一定會給她大幅加薪，然後便掛線，去找賴皮。

第三十五章

得獎者 是……

我不知道他們最後怎樣選出冠軍，因為事實上只有
「不」夫人的車能完成賽事。評判一定很懊惱，
因為他在讀一本厚厚的比賽規則。

既然全部汽車都沒有完成賽事，得獎者便是最早
到達的參賽者。而你們全部都一同到達！

所以……得
獎者是……

越野跑車
大賽規則

所有參賽者!!!!

真的喜出望外呢!

由於只有一個獎盃,所以我們會給每一隊頒發一個獎盃型的

大乳酪!

這時，我的電話忽然瘋狂地響個不停。

謝利連摩叔叔，我為你感到自豪啊！

第一通電話來自我最喜愛的姪子班哲文。

我的朋友都想要你的簽名！

第二通電話來自爺爺。

我真的要稱讚你們！你們勝出了越野跑車大賽，維護了家族榮耀。

好了，快點回去工作！

最後一通電話是
賴皮打來的！

別再講電話
了，我要跟你
來個擊掌！

表哥，我必須承認，你也
是個不錯的副駕駛員。

好了，快點脫下那
滑稽的頭盔吧。

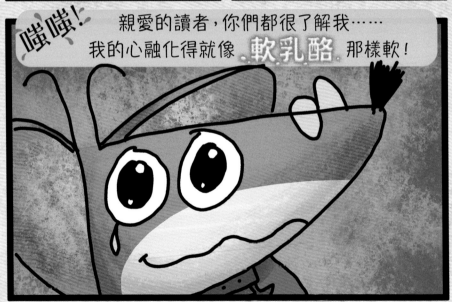

嗚嗚！ 親愛的讀者，你們都很了解我⋯⋯
我的心融化得就像 軟乳酪 那樣軟！

也許這樣度過我的假期，也不是太壞⋯⋯

號外！號外！ 不要 仔細閱讀！

幾天後，我回到辦公室工作……（這時是早上十時正，我正在一邊享受着美味的乳酪，一邊讀書小休。）

有鼠**輕輕**地敲着我的辦公室門……

……叩叩。
……叩叩。

「以一千塊莫澤雷勒乳酪的名義發誓，正看到最精彩的部分，是誰在打擾我呢?」我抱怨了一句。

原來是畢粉紅!

她看起來似乎沒有平常那麼愉快……

嗯，老闆，還記得我用了你直播的照片來寫報道嗎?

當然!別擔心，我可沒忘記要為你加薪!

不如你現在讓我先……

不……我不是要談薪金，這是關於《老鼠日報》的。

《老鼠日報》是我們的競爭對手，如果他們也稱得上是一份報紙的話！他們只會報道一切**誇張失實**、**噁心**、**無禮**的內容！

似乎《老鼠日報》也有觀看你的直播，因為他們也刊登了一些照片。

什麼？他們也刊登了我得獎的照片嗎？

越野跑車大賽——賽事放大鏡!

妙鼠城的參賽者謝利連魔·屎提頓在全程賽事中笑料百出,甚至也無法一直留在賽道上!

令人驚訝的錄影片段中,看見本地老鼠記者在大呼小叫、大哭哀鳴,並且胡亂駕車,完全離開了賽道,相去甚遠!

謝利連魔不單不會看地圖,甚至還不會駕車,情況很糟!他倒車時,還差點掉下懸崖!幸好,當時車身起火了,車子才沒有再退一步!這隻老鼠連駕碰碰車也不會,更勿論駕賽車,他竟然參加了這次老鼠島一年一度的賽車盛事!

是誰的臉這樣躺在賽道的泥濘中？

沒錯，又是謝利連魔·屎提頓！

看來他換輪胎的能力就跟他報道新聞的能力一樣強差人意！

真是個失敗者。

我很惱怒！

我很氣憤！！

但不論《老鼠日報》怎樣寫，我⋯⋯始終也是得獎者！我還有獎盃可以證明呢！

（雖然賴皮吃掉了大半個獎盃之後，就只剩下這一丁點兒⋯⋯）

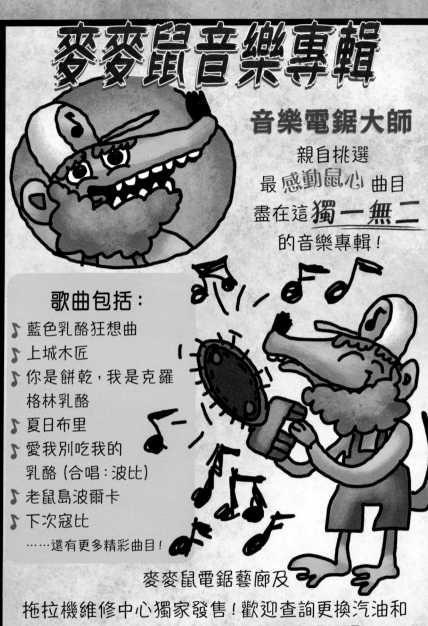

麥麥鼠音樂專輯

音樂電鋸大師

親自挑選
最 感動鼠心 曲目
盡在這 獨一無二
的音樂專輯！

歌曲包括：
- ♪ 藍色乳酪狂想曲
- ♪ 上城木匠
- ♪ 你是餅乾，我是克羅格林乳酪
- ♪ 夏日布里
- ♪ 愛我別吃我的乳酪（合唱：波比）
- ♪ 老鼠島波爾卡
- ♪ 下次寇比

……還有更多精彩曲目！

麥麥鼠電鋸藝廊及拖拉機維修中心獨家發售！歡迎查詢更換汽油和歌曲套裝！還可以買一隻 大貓木雕！

♫♪麥麥鼠之歌 生活無坎坷！♪♫

197

超酷鼠民！

賽車巨星

無敵・賽車鼠 說：

「想要更

快

的車手內褲？

這裏有

最快

的車手內褲！！正在減價發售！！！」

「我平常不穿內褲的，但如果要穿的話，我一定穿這條！」

超酷鼠民

鼠廚出巡

早餐餐單

乳酪甜甜圈

甜甜圈加乳酪

乳酪醬甜甜圈
加乳酪

乳酪甜甜圈
加乳酪甜甜圈
加乳酪

波比的最愛！

平價廢物‧節省金錢
= 你的惡作劇超市 =

尾巴漿糊

偷偷地在朋友的尾巴塗上漿糊……整天都會有怪東西黏着他！

乳酪不甜圈

嗅起來像是乳酪甜甜圈……

但其實 **不然！**

古惑的地圖

看上去像是真實的地圖……但每一個轉彎位都是錯的！

貓爪

栩栩如生

吱嘎！

抓劃一下朋友的窗戶，然後聆聽他們的尖叫聲！

吱嘎！

老鼠記者漫畫 3
極速越野賽車

作　　　者：Geronimo Stilton　謝利連摩·史提頓
故　　　事：伊麗莎白·達米 (Elisabetta Dami)
繪　　　圖：湯姆·安祖柏格 (Tom Angleberger)
譯　　　者：張碧嘉
責任編輯：胡頌茵
中文版封面設計：黃觀山
中文版內文設計：劉蔚
出　　　版：新雅文化事業有限公司
　　　　　　香港英皇道499號北角工業大廈18樓
　　　　　　電話：(852) 2138 7998
　　　　　　傳真：(852) 2597 4003
　　　　　　網址：http://www.sunya.com.hk
　　　　　　電郵：marketing@sunya.com.hk
發　　　行：香港聯合書刊物流有限公司
　　　　　　香港荃灣德士古道220-248號荃灣工業中心16樓
　　　　　　電話：(852) 2150 2100　傳真：(852) 2407 3062
　　　　　　電郵：info@suplogistics.com.hk
印　　　刷：C & C Offset Printing Co., Ltd.
　　　　　　香港新界大埔汀麗路36號
版　　　次：二〇二二年五月初版

http://www.geronimostilton.com
Geronimo Stilton names, characters and related indicia are copyright, trademark and exclusive license of Atlantyca S.P.A. All Rights Reserved. The moral right of the author has been asserted.
Based on the book of the Storie da Ridere series "Metti Il Turbo, Stilton!"
copyright © 2019 by Mondadori Libri S.p.A. for Piemme Italia
© 2021 Atlantyca S.p.A. all rights reserved except for Italian publishing rights reserved to Mondadori Libri S.p.A.
Original title: The Great Rat Rally
Text by Geronimo Stilton
Story by Elisabetta Dami
Cover and Illustrations by Tom Angleberger
Book design by Phil Falco and Shivana Sookdeo - Creative Director: Phil Falco
Based on an original idea by Elisabetta Dami
First published in November 2021 by Scholastic Inc., New York
Traditional Chinese Edition © 2022 Sun Ya Publications (HK) Ltd.
International Rights © Atlantyca S.p.A., Corso Magenta, 60/62, 20123 Milano, Italia
foreignrights@atlantyca.it- www.atlantyca.com

ISBN: 978-962-08-8025-4
Traditional Chinese Edition © 2022 Sun Ya Publications (HK) Ltd.
18/F, North Point Industrial Building, 499 King's Road, Hong Kong
Published in Hong Kong, China
Printed in China

創作團隊簡介

故事：

伊麗莎白・達米 (Elisabetta Dami)

伊麗莎白・達米出生於意大利米蘭，是一位出版商的女兒。她熱愛旅遊冒險，懂得駕駛小型飛機和跳降落傘，曾經攀登非洲的乞力馬扎羅山、遊歷尼泊爾，以及到非洲野生動物保護區跟各種野生動物作近距離接觸；性格活潑好動，曾經三次參加紐約市馬拉松賽事。不過，她始終認為書本創作是一場最偉大的冒險，因而創作了世界知名的謝利連摩・史提頓！

繪圖：

湯姆・安祖柏格 (Tom Angleberger)

著名作家及插畫家，曾經參與製作無數的漫畫兒童讀物，作品主題廣泛，涵蓋會說話的動物、植物，甚至會說話的紙——紙藝尤達大師。他和太太插畫家西西貝兒，定居在美國維珍尼亞州克里斯琴斯堡。

上色：

科里・巴爾巴 (Corey Barba)

住在美國洛杉磯的著名卡通動畫師、作家和音樂家，主要從事繪畫兒童漫畫。他小時候熱愛各種怪物、卡通動畫、布偶和瘋狂科學家。長大後，他從事兒童動畫創作，出版作品包括：《老鼠記者漫畫》和《海綿寶寶漫畫》，曾經為美國夢工廠動畫公司和美國《瘋狂雜誌》工作。